KB129849

한 번만 거짓말을 해보렴

한 번만 거짓말을 해보렴

—

초판 1쇄 2024년 6월 25일
지은이 박순영
펴낸이 김영재
펴낸곳 책만드는집

—

주소 서울 마포구 양화로3길 99, 4층 (04022)
전화 3142-1585·6
팩스 336-8908
전자우편 chaekjip@naver.com
출판등록 1994년 1월 13일 제10-927호
ⓒ 박순영, 2024

—

—

ISBN 978-89-7944-869-6 (04810)
ISBN 978-89-7944-354-7 (세트)

책 만 드 는 집
시인선 240

한 번만 거짓말을 해보렴

박순영 시집

책만드는집

무엇을 그토록
간구懇求했던 것이며

무엇을 그토록
가슴 태운 날이었나

하루씩
감사와 사랑으로
남은 나를 살고자

2024년 6월
박순영

2부   개망초 핀 자리

3부   예항을 가다

4부   후회는 없습니다

5부 구름이거라

6부   못 할 말도 아닌데

1부

꽃비 속에서

내게 핀 진달래

너를 보면 눈물이 왜 먼저 오나 몰라
두견이 울음은 왜 또 그리 서러운지
아마도
세월이 감춘
그리움 그것이야

돌아보면 고향 냄새 가지째 안겨 오고
생전 내 어머니의 꽃 비녀로 곱던 너
잊었던
목축임이다
내게 피는 진달래

봄

탱자나무 긴 가시 봄을 콕 건드렸나

생울타리 파릇파릇 온 동네 소문났네

겨우내 얼굴 붉히던 동백꽃을 놀리던 봄

봄날

간지러운 햇살에 냉이는 신발 벗고

어쩌다 잠이 덜 깬 새싹은 눈 비비고

빙 빙 빙 강아지 꼬리 햇살 감고 노는 날

꽃비 속에서

꽃비 오는 창가에서 차 한잔을 마시다

찻잔이 꽃비에 붉어진 줄 몰랐네

꽃잎이 날아가다가 내 어깨에 앉았네

회상 回想

종다리에 쫓기다 밭고랑에 숨은 봄
나비는 떼를 지어 장다리꽃 술래잡기
잔물결
푸른 보리밭
봄바람도 눈부셨다

함지박 쑥떡개떡 아롱다롱 애기꽃
살구 향 신고 오던 바람은 저녁 선물
동구 밖
풀피리 소리
아스라이 그립다

봄나물

소소한 봄비 뒤에 텃밭은 여리여리

향긋한 봄 내음에 쌉쓰레 아리는 맛

입안에 어우러진 봄 시가 되어 취하네

빈집

감나무 매미 혼자 울다가 지친 한낮

실바람 살금살금 문고리를 잡는데

감꼭지
톡 떨어진다
또르르르 바람도

폭염

폭염에 죽고 사는 올여름 지구 이변

정좌하신 스님은 꿈쩍 않고 계신다

폭염은 스님 옆에서 눈치 보다 조는 중

감나무

동네 어귀 들머리 거시기네 담 모퉁이

저렇게 붉은 꽃등 어느 틈에 걸었나

꼭대기 맨 끄트머리 까치 녀석 신방이래

산막山幕집

산막집 다로에 솔솔 피는 물 연기

가을에 기대앉아 낙엽도 한 모금

찻잔에 노을이 든다 땅거미가 나린다

달빛

세상을 다 잃은 듯 귀뚜리 목메는 밤

묻어둔 눈물이야 누군들 없으랴만

오묘한 달빛이 죄야 함께 가을 타나 봐

산국山菊

외돌아진 산골에 산국이 어여쁘다

헛간에 부려둔 가을도 춥다는데

가고도 또 아니 오면 누가 널 반길거나

가을비

가을 위에 가을이 차분하게 내린다

단풍 숲 호수 길에 자그마한 가배집

첼로는 낮은 선율로 향을 짙게 적신다

겨울밤 1

끊일 듯 이어질 듯 겨울밤이 사각인다

밤 깊은 등불 따라 누굴 또 맞으시려

멀리서 저 멀리서도 사각사각 사각 사각

겨울밤 2

뜨거운 붕어빵이 거리를 지키는 밤

군고구마 한 봉지 굽은 등이 더운 밤

눈발만 옛날얘기를 주섬주섬 엮는 밤

눈 오시네요

청죽 위에 나부끼는 절개節槪의 깃발로
애끓는 춤사위로 흰 넋을 달래주다
천지에
눕는 소리가
아득히 울려든다

천년의 인연 자락 분분히 녹여내어
청노루 발자국에 혈 하나 짚어주는
온전한
순백의 떨림
또 상처를 덮는다

세모의 정

한 해를 열고 닫는 달력의 한 귀퉁이
피붙이 스치운 정 곱씹다가 뱉어놓고

불 꺼진 환과고독鰥寡孤獨*의
문풍지엔 한기만

* 늙어서 배우자 없는 사람, 늙어서 자식 없는 사람, 어려서 부모 없는 사람
을 아울러 이르는 말.

겨울 아침

발자국을 찍어낸 새하얀 그림 한 장
아무도 모르라고 순백으로 덮는다

미사를
볼 시간이다
만물 위에 성호를

2부

개망초 핀 자리

추억이 1900원

신명 났던 추억을 꽃집에서 팔아요

개울둑에 흘려둔 웃음꽃은 없나요

하굣길 내기를 걸던 강아지풀 꼬리 값

개망초 핀 자리

아들놈 겨드랑이 소금꽃 핀 것처럼

아무도 보지 않는 후미진 언저리에

여름이 흘린 땀인가 희끗희끗 피었네

연화미소

벗어둔 속세 앞에 다소곳 앉은 승복
연지蓮池에 든 저 발길 알려고 하지 말자

미소가
연꽃을 닮아
꽃보다 더 고우이

은행잎

새벽 길 쓸고 있을 아빠 걱정 은실이

은행잎이 돈이라면 힘들지 않을 텐데

아이는
일기장에서
은행잎을 쓸고 있다

모과

울퉁불퉁 푸르더니 고운 빛에 향이라
운명을 견디어낸 내공의 깊이인가

달마가
허허 웃겠네
볼수록 부끄럽네

벚꽃

말없이 돌아서며 들먹이던 뒷모습

받쳐 든 우산 아래 빗물처럼 스며온다

그 기억 봄비를 맞고 사월이면 피는 꽃

청보리

청보리도 꽃이야 알은체나 말 것이지

광화문 봄단장에 들러리가 될 줄이야

옥이네 보리밭에서 깜부기랑 놀 텐데

매화를 만나다

잔설 몰래 봄바람 걸음을 재촉해도
묵은 가지 묵힌 정 연년이 첫 정인가
간밤에
춘설이 훔친
붉은 입술 떨린다

바람에 흔들려도 두 볼은 붉어지고
봄비에 젖은 볼은 자고 나니 더 붉어
춘설은
가지도 못하고
네 품에서 자누나

배나무 꽃

배나무 골 실바람에 백설이 날리는 줄
달 아래 넋을 놓아 하마 말을 잊었다

한 구절 일지춘심一枝春心*을
자규子規** 대신 알았네

* 이조년의 시조 「이화에 월백하고」에서 인용.
** 두견새.

꽃무릇
– 불갑사에서

가없이 산자락에 그리움을 묻어두고
어긋난 연을 따라 잎도 없이 피는데
덧없을
기다림인가
저 긴 목의 화관은

지새운 빗소리는 속울음을 달래고
향촉에 사른 마음 밤으로 붉게 녹아
고운 임
뉘를 보는 듯
비안개도 붉어라

수국

소담한 수국에서
네 미소가 보였다

한참을 멈칫대다 한 아름 안고 왔지

품 안에 묻어나는 건 아가 냄새 너였어

과남풀

보랏빛이 남다른 가을 산 새침데기

앙큼스레 벌에겐 곁을 주지 않다가

깊은 산 곤충 손님은 하룻잠을 재워요

양귀비

경국지색傾國之色 그 사랑
해어화解語花로 지더니

무명용사 무덤가에 넋을 기려 피는 너

지금은 화폭에 피어 누굴 반겨 웃는가

제라늄

심연의 오욕칠정五慾七情
어떻게 다스려야

천향千香을 빚어내는 조향사가 되더냐

보물 샘 향원이라니 믿기지가 않구나

영산홍

타는 듯 붉은 봄을 온몸으로 휘감고
절정의 주일천하週日天下 암묵적 실행인가

말없는 낙화를 본다
후회 없는
너의 봄

향에 취하다
− 장미

품 안 가득 품었다
깊숙이 취해본다

목이 타는 내 잔에 눈물은 넣지 말고

당당한
고혹함이다
어둠 너무 짙구나

얼레지

숨어 핀 꽃이라고 산마늘이 놀린다

꽃단장 자주 고름 칠 년 만의 외출인데

인사는 더 못 할망정 바람난 여자라니

3부

예향藝鄕을 가다

섬마을

섬마을 봄 색시 할머니로 닳은 손톱

울음은 파도처럼 개펄에 밀려 앉고

바다는 밀물 한 사발 서러워서 두고 갔다

널배 아재

갯벌을 철벅철벅 널배*로 이랑 타고

바다에 밤이 들면 손금 보듯 해루질

바구니 물때를 알고 아재 등에 업혔다

* 갯벌에서 이동할 때 사용하는 도구.

예향藝鄉 진도珍島

보배섬 예향에는 발길마다 소리 있다
벽파진 울돌목은 충무공 호령 소리
열세 척 승전고 소리 물길 잡아 강강술래

발끝을 툭툭 차는 왕무덤재 눈물 보소
삼별초 삼킨 눈물 산새들 뱉어 울어
구절초 피는 밤이면 살풀이도 곡이더라

안개가 자우룩한 쌍계사 옆 운림산방雲林山房*
노송에 괴석까지 4대를 지킨 화필畫筆
연지蓮池에 먹물 떨구니 새소리도 그림이네

애당초 보물이라 서로가 탐을 냈나
걸으면 걸을수록 그냥 길이 아니더라
붉은 해 단물 신고서 어야디야 배 띄운다

* 명승 제80호. 진도에 있으며 조선 후기 소치 허련이 기거하던 곳. 남종화
의 산실.

모세의 기적
− 초사리 바닷길

바닷길이 훤히 뵈는 허 진사 댁 텃밭에
양회갓은 은근히 여름 품을 거들대고
파도는
길을 내느라
발끝마다 아리랑

화랑게 옆걸음에 길 따라 줄을 서고
초사리 바닷길에 너도나도 맨발이고
수제비
별미 상에는
바지락이 맨발이다

천도화 天桃畵

복숭아 세 알이 탐스럽게 달렸다

액자 속에 가붓이 날마다 익고 있다

간밤에 벌레가 왔나 두어 군데 흠 났네

먹그림 그리기

해 넘긴 붓질이라 정이 가는 흑목단
천 번을 그려내야 붓끝에 핀다는데
벼루에
구멍 뚫려야
꽃이 나를 반길까

큰동생 꽃잎 하나 그 옆에 나도 한 잎
작은동생 추임새에 도도해진 흑목단
아버님
명필 화제畵題로
격을 더한 먹그림

가야금이라

줄마다 사연이라 색을 입혀 뜯는데

치마폭에 안긴 채 가락은 끝이 없네

황진이 목청 돋우던 벽계수는 어디에

대금 연주
−청성곡을 듣다

입술을 포개놓고 청했을 뿐으로
천년의 이야기는 소리를 따라오고
청공淸孔을
타는 흔들림
서럽도록 고와라

공空에 실은 그 마음 벼리어 색이 되니
천상을 흘러 도는 그도 정녕 속俗인 것을
대숲에
이는 바람은
율律이 되어 산 넘는다

판소리

애틋하고 통절한 멋과 흥 그 사이에
걸걸히 낭창대고 호방하게 으쓱대는
구성진
소리 가락에
취하다가 깨다가

귀를 열고 듣자니 저 소리 어찌할꼬
큰칼 쓴 춘향이에 심 봉사 눈을 뜨네
속가슴
밀어 올리는
함성이고 소리네

서편제*
—송화의 절규

망할 놈에 그 한恨이 대관절 뭣이길래
내 속에 불을 놓아 날 이리 태우셨소
눈 뜨니
세상은 없고
소리도 없소이다

어째서 그 원願을 내 안에 풀어두고
타고 없는 세상에 소리로만 살라니
보시오
내가 없는데
소리엔 나도 없소

* 영화 제목.

고향

고스란히 있겠거니 기다려만 주리니

두고 온 고향 얘기 들춰보면 아련한데

그곳엔 그리움 이외 아무것도 없었다

옛집엔

몰래 익던 무화과 찢어지게 붉던 석류

가을볕 흰 구름은 우물에 담겨있고

새벽녘 나를 깨우던 기도 소리 숨었네

꿈속에 들면
－삼막리 집

아래 마당 옹달샘 자꾸 흘러 강이 되고
감꽃만 흐드러져 시름 앓는 삼막리 집
가끔씩
꿈길을 따라
할머님 댁 갑니다

조막만 한 각시감 혼자서는 못 익어
달님의 치마폭에 숨어 울던 가을밤
여태껏
그 감나무는
꿈에 걸려 익습니다

아직도 아쉬운 날

강아지풀 꼬리 뽑고 메뚜기도 잡고요

개울가 첨벙대다 물뱀에게 기겁해도

아쉬워 피라미 세 마리 고무신에 담았지

오솔길

깡총대며 가던 길 언니하고 갔던 길

오디랑 맹감 따다 개미에게 물린 사연

길 위에 빈 발자국들 또 계절을 걷겠네

순이 생각

잊었던 웃음 하나 햇살 따라 좋은 날

코 흘리던 아가들 어디서 또 홀쩍이나

빈자리 코 묻은 정에 마음만 더 간절하이

다랭이 논

다랭이 논 한 배미 우리 엄니 한숨이

다랭이 논 두 배미 울 아부지 땀방울이

논둑길 구부렁구부렁 우리 할배 주름 길

곡성 오일장

1. 대장간

섬진강 변 기차는 느리느리 굽이 가고
강줄기 산줄기 순하게 어우러져
부자父子는 풀무질 소리로 오십 년을 살고 있다

2. 뻥튀기

빠지면 어딘가 허전해서 돌아보는
뭐다라도 있어야 할 구색 중에 제일이다
꼬순내 진동하다가 잠잠하면 파장이다

4부
후회는 없습니다

순간도

당신을 사랑했던 후회는 없습니다

어떤 일로 인하여 피치 못할 이별이면

못 본 척 스친 순간도 잊지 않고 있으리다

여기 있는데

누군가의 마음을 기다려 본 적 있나

그림자만 보아도 누구인지 아는데

왜 그냥 가버린 걸까 나는 여기 있는데

가더라도

어차피 가는 길을 맘 무겁다 생각 말고

한구석 묻었거든 점 하나 찍어두고

아무 날 사무치거든 철나는 줄 아시게

약속

때마다 안부 인사 고맙고 감사하여

꽃잎이 고운 봄날 찾아뵙고 싶었는데

아껴둔 봄이 간대요 또 새봄이 오겠죠

하마터면

우연히 들른 카페 눈에 익은 그 자리
미소가 꼭 닮아서 하마터면 부를 뻔

돌아서
눈 감았을 땐
혼절한 심장 하나

작별

마주하는 작별에 손가락 꼽아보다
다시 올 그 기다림 원망과 서운함에

못 듣는
속울음 소리
돌아선 눈물 소리

인연

옷깃만 스친 인연 스쳐 가라 할 것을

자르지도 못하고 평생을 앓게 하여

기어코 남은 목숨을 꿰매주고 말았다

별들끼리는

노을은 산그늘 어둠 아래 잠기고

달빛은 강물에 우수를 적셔내고

별들은 별들끼리는 그리움이 안부일까

첫눈 같은 너

기다릴 땐 무소식 바쁘면 보자 하니
그마저 잠시 왔다 훌쩍 갈 발걸음
오롯한 첫눈 같은 너 그래서 난 더 좋아

헤어져 있어도 난 다 알 수 있거든
말풍선에 숨어있는 널 찾으면 되거든
귓가에 생생히 웃는 네 목소리도 다 보여

하루만 못 봐도 눈병 났다 하더니
퇴근길이 늦은 밤 목소리만 왔다 가고
또 하루 살아내느라 눈병 난 줄 모르네

용서할 수 있을까

명치끝에 시리운 이 눈물은 무엇일까

말로는 할 수 없어 하늘이 준 변명으로

돌아선 너를 그리고 나를 용서할 수 있을까

이사철

손때가 무거워져 이 빠진 혼수품들

시집와 함께 늙어 정 떼기가 어렵네

뒷산에
이사 갈 때는
정만 두고 갈 것을

개집 앞에 놓았다

미쳐버린 세상에 진실도 미쳤는지

자고 나면 신문 속엔 딴 세상 이야기들

원시의 낱말 몇 개를 개집 앞에 놓았다

어가魚家 족보

갈치 녀석 언제부터 은씨네 성을 달고

꼬리 늘인 붕어네는 조상이 금씨라네

세상이 하 수상하니 미물들도 하 수상

숟가락 전쟁

사는 것 하루 세끼 밥 타령 한다 해도

금수저 흙수저로 난데없던 수저 싸움

하루가 생존 전쟁터 숟가락은 총이 됐다

구직

우르르 몰려가는 한 무리의 젊음들

우르르 달려있는 찻집의 저 등불들

유쾌히 웃는 사람들 나도 거기 있고 싶다

응급실

무참해진 하루에 다급한 목소리들

맥박도 간호사도 정신없이 뛰는데

코앞에 저승사자는 응급실 번호표다

치과에서

적막이 쪼르르 와
눈을 꼭 감긴다

입속을 빤히 보고 "아! 아! 아!"

내 안의 무엇을 보고
감탄사가 절로 날까

호스피스 병동

세상의 전부가 된 한 평 남짓 흰 공간

마지막 결별이 그녀 앞에 남았다

흰 벽엔 달력도 없이 오늘만 왔다 간다

5부

구름이거라

산이랑 강이랑

산그늘 품은 강은 말 없는 산이 좋고

강 따라 가는 산은 재잘대는 강이 좋아

서로는 서로를 품고 산이다가 강이다가

구름이거라

생각이 많아지면 머리가 아프고
품은 것이 많으면 가슴이 저려온다
한 조각
구름이거라
걸림 없는 바람이고

생사를 놓고 나면 버거울 게 있겠냐만
퍼내고 돌아서도 출렁이긴 마찬가지
물인들
흐르는 골에
소리조차 없을까

꽃은

꽃은 늘 바람을 피하지 않더라

돌아서서 서운타 말하지도 않더라

때마다 그저 웃더라 모른 척 또 웃더라

인생을 굽다

어제를 반죽 삼아 오늘을 또 굽는다

고향길에 가져갈 내가 구운 한평생

날마다 성심을 내도 반만 익는 하루다

빈자리

이제는 알 것 같다 그때는 몰랐지만

늦저녁 돌아앉아 울먹이던 그 모습

한 그루
나무였습니다
바람 부는 언덕에

비우기

마음의 그릇이 얼마면 비워질까

너무 커 못 비우나 작아서 필요 없나

꽁꽁 언 마음이라서 비우지를 못하나

하늘이 무겁다

마음은 먼저 가고 발걸음은 뒤에 오고

눙치고 간 세월 탓에 구부정한 어깻죽지

해마다 하늘이 무겁다 나이만큼 무겁다

마음 주인

누구도 너에게 화내라 한 적 없다

화를 낸 그 마음은 네 마음 아니더냐

세상사
일체유심조一切唯心造
마음 주인 누굴까

새치

탄로가歎老歌*에 오는 백발
가시로도 못 막아

마음을 토닥이려 검은 칠로 덮었다

젊음을 새치기당한 이 마음을 넌 알까

* 우탁의 시조 제목으로 시조 문학의 백미로 꼽힌다.

나는 지금

꽃이 피고 지는데 이유가 있다더냐

꽃잎이 진다 한들 향기마저 지더냐

오늘도 향을 짓는 날 그래 나는 꽃이야

산집에서

깊은 골 해가 지니 온몸에 바람 차다
밤은 깊고 산집엔 등불만이 밝은데
한 생각
일어나다가
또 한 생각 가더라

산비가 차근차근 새소리 데려오고
따라온 물소리는 솔바람에 길을 잃고
창 앞에
늙은 소나무
빗방울을 흔드네

암자에서

깊고도 더 깊은 곳
산골짜기 암자에

조용히 쉬고 싶어 혼자 오신 부처님

발길을 돌려보내니 새벽 달님 오셨네

산 노을에 밥 짓고
달빛으로 등을 삼아

새소리 가득 안고 암자에 누웠더니

목탁에 불경 소리도 함께 자고 말았다

하루살이

소신껏 당당하게 커피잔을 택하고

커피에 수영까지 대세大勢를 다 누리는

행복한 너의 임종에 잠시 예를 표한다

달팽이

담쟁이도 포기한 도시의 귀퉁이를

모든 걸 짊어지고 한 눈금씩 하늘 닿기

수행길 벽을 오른다 나의 벽은 어디에

붉은 줄

부르면 건너오던 친구가 가고 없어

이름 위에 붉은 줄로 안부를 전했다

고향집 산마루에서 기다리고 있겠지

답은 없더라

한 번뿐인 초행길 똑같으면 답이련만

돌아와 말 못 하니 답만 찾다 가는 길

오로지 그분만 아실 오고 가는 소풍길

안경

코에 걸린 안경은 세상 것을 보는데

맘에 걸린 안경은 무엇을 보았을까

어릴 적 수수깡 안경 뭐든 잘 보였는데

6부

못 할 말도 아닌데

저녁상
– 동생의 손맛

깻잎보다 양념이 접시를 넘어간다
정성을 가득 넣은 감동의 맛 한 접시

코끝이
찡하게 매운
깊은 정은 감칠맛

오랜만에 친정집 어머님이 안 계시니
씨암탉을 대신해 저녁상에 계란찜

손맛이
장모님이네
웃다 보니 젖는 눈

무슨 생각 하실까

아버지 발등에서 처음 배운 걸음마
지금은 발 맞추려 느린 걸음 배운다

산책길
손을 꼭 잡고
무슨 생각 하실까

눈꺼풀 내려오고 두 귀는 어두워도
내 가슴엔 아직도 든든한 기둥 하나

가끔은
나를 기대고
무슨 생각 하실까

못 할 말도 아닌데

자식에게 얼굴 보자 못 할 말도 아닌데

일주일은 짧더라 버무린 웃음 끝에

다음엔 안 기다리마 먼저 웃는 그 마음

마음 보자기

평생을 기워 쓰신 그 마음을 몰랐네

감싸고 덮느라고 다 해진 그 마음을

모른 척 낡은 보자기 이젠 같이 깁는다

스친 마음

벼루함을 닦다가
문득 스친 한 마음

붓을 잡아 봅니다 먹도 갈아 봅니다

곁에서 살펴주시듯
먹물 적셔 봅니다

뭘 하실까

어느덧 만발한 봄
한 조각 안부라도

지금은 뭘 하실까 그리움이 타는 날

달그락 찻잔 놓는 소리다
멀리 나는 커피 향

눈치 없이

멀리 사는 딸자식 눈치 없이 바쁜 날

외가에 간 엄마를 기다리는 아가처럼

뭐 하니 전화기 속에 메아리가 들리네

거짓말을 해보렴
− 사모곡 1

한 번만 아프다고 거짓말을 해보렴

마지막 운명길을 지켜달란 부탁인 걸

왜 그땐
말도 못 하고
속가슴만 뜯는가

기다리면 안 됐나요
-사모곡 2

한시름 밤을 밝혀 이리 깨어있는 것은

기다리면 안 됐나요 못다 한 말 남았는데

그 눈빛
그 목소리가
그 손길이 없습니다

당신은 그냥

한겨울 맨발로도 눈밭이 따뜻하고

그림자만 살펴도 아무리 생각해도

만 가지 이유보다도 그냥 그냥 당신은

사랑하오

날마다 말하려 마음에는 두었는데

아직까지 다 못 해 정말로 미안하오

마지막
그대에게 줄
유언으로 두었소

마지막 편지

열아홉 옥이는 봄에 진 꽃이었다

그해 봄은 서러워 꽃 잔치를 미뤘다

수취인 세상에 없는 봄 편지만 수북이

내 이름은

다 놓고 싶을 때 내 이름은 엄마였다

세상을 다 준대도 바꿀 수 없는 이름

세상을
다 채워주는
네가 부른 내 이름

산골마을

어미를 잊지 않고 찾아온 봄을 만나

굽은 등에 온 산을 다 내주고 싶건만

가슴에 묻어둔 자식 산마을엔 빗소리뿐

천사의 방언

달콤한 젖비린내
아가가 크는 냄새

엄마 사랑 몽글몽글 아가는 꼬물꼬물

옹알이 천사의 방언
옹알옹알 바쁜 입

두 번째 접시

손녀가 눈에 밟혀 자주 오신 어머님

서투른 신접살림 가볍게 드린 봉투

두 번째 접시 아래서 무거워진 흰 봉투

그녀는

그녀는 늘 웃는다 빈 마음이 춥다고
그녀가 또 웃는다 사는 게 다 그렇다고
마음을
잘라냈단다
정말 크게 웃었다

그녀가 사랑하는 그 남자를 나는 안다
그녀는 그 남자의 나타샤*를 꿈꾸며
수년을
기다린 문이
벽에 그린 그림일 줄

* 백석의 시에 등장하는 여성 이름.

모녀

모녀는 나란히 커피를 뽑아 들고

정거장 한 귀퉁이 버스는 그냥 간다

한동안 모은 그리움 컵 속에서 잘그랑

언제부턴가

창가에 빗줄기가 조금씩 굵어오면
철없던 내 안의 그 소리가 들리는 듯
낮은 곳
낮은 곳으로
빗물 따라 흐른다

때로는 돌아가고 쉬어도 가는 것을
감은 눈에 슬며시 부끄러움 어쩌나
돌아갈
빈손 앞에서
뿌듯할 수 있기를

원초적 서정과 절제된 사유의 조화미
– 박순영 시조의 시 세계

이석규 시조시인·가천대 명예교수

Ⅰ. 들어가며

오랜만에 박순영 시인의 시조 작품들을 읽다 보니 10년 전에
낸 그의 시조집 『꽃이 아니야』의 평설을 쓰던 때의 그 감흥이
새삼스레 일어난다. 아마도 박 시인만의 독특한 서정과 사유를
깊은 감명으로 다시금 공유할 수 있게 되었기 때문일 것이다.

박순영의 시조에서는 다른 시인들에게서 보기 어려운 깊고
진지한 내적 체험과 그것을 특화한 신선하고도 섬세한 언어적
감수성을 맛보게 된다. 어쩌면 보통의 경우보다 한 치 또는 한
자가량은 더 깊은 곳까지 다가서 있다는 느낌을 받는다. 보통
의 경우, 신을 신고 눈이 내린 언 땅을 밟는 느낌을 애써 감각적

으로 표현하려 한다면, 박순영 시인의 경우는 맨발로 밟으면서 느끼는 차갑고 딱딱한 실감을 내적으로 삭이면서 절제하는 가운데 오히려 저절로 드러나는 느낌 말이다. 그만큼 타고난 감각과 감수성이 예민하고 풍성하다. 이를테면 축소 표현의 절제력이 독자의 상상력을 자극하고 극대화한다고 할 수 있다. 참으로 소중한 능력이다.

또한 그의 시조는 자연의 조화 속에서 생성되는 생명에 대한 순수 인식 또는 그들과의 교감에서 일어나는 심미적 서정이 자연스럽게 절조絶調를 이룬다. 그것은 우리들의 삶의 현장에서 느끼는 애환 또는 고통의 밀도, 그리고 사람 사이에서 주고받는 진정과 사랑이 보다 깊은 경지에서 숙성·발효되고 있다는 표징이기도 하다. 게다가 실금 같은 덧칠도 허용하지 않는 간결미, 함축미를 효율적으로 표현할 줄 아는 언어 운용 능력마저 뛰어나다.

그리하여 그의 시조가 주는 전반적 분위기는 고전적이며 향토적인 색감이 전혀 훼손되지 않고, 현실 속에 세련된 모습으로 싱싱하게 살아있는 조선시대 매화나 난초처럼 우아하다. 그의 시조는 이처럼 생활과 삶의 여러 분야와 과정에서 청순하고 순결하게 정제된 이미저리가 살아 숨 쉬고 있음을 체험하는 기쁨을 준다.

Ⅱ. 계절의 향기

현대가 아무리 초현대적 문명의 첨단을 달린다 해도, 아니 그렇기 때문에 오히려 자연의 아름다움과 전원 속에서 주고받는 진솔한 인간애에 대한 서정적 인식과 그것을 향유하는 삶은 더욱 필요하고 소중하다.

박순영 시인의 감수성과 모든 사유는 바로 이곳에서 출발한다고 할 수 있다.

간지러운 햇살에 냉이는 신발 벗고

어쩌다 잠이 덜 깬 새싹은 눈 비비고

빙 빙 빙 강아지 꼬리 햇살 감고 노는 날
- 「봄날」 전문

잔설殘雪이 잦아들고 토닥토닥 봄비 내려 다독여 주더니, 이제는 "간지러운 햇살"이 대지를 애무한다.

냉이가 신발을 벗었다는 표현이 사뭇 감각적이다. 아직 인위人爲의 맛에 물들지 않은 순수 그 자체의 모습이다. 맨발로 아장아장 햇살 아래로 걸어 나오는 아기로 치환된 귀여운 냉이에 화자의 감정이 다감하게 이입되어 있다. 이와 함께 수없이 많은 새싹들이 이제 막 잠에서 깨어 부신 눈을 비비며 햇살 아래로 걸어 나오는 모습이 겹쳐진다. 강아지도 꼬리를 돌리며 햇살과 놀고 있다. 동심을 일깨워 주는 봄날의 평화롭고 어여쁜 정경이다.

폭염에 죽고 사는 올여름 지구 이변

정좌하신 스님은 꿈쩍 않고 계신다

폭염은 스님 옆에서 눈치 보다 조는 중
－「폭염」 전문

인간 문명이 쏟아내는 매연을 비롯한 온갖 폐기물로 심각해지는 지구의 훼손과 온난화 현상을 고발한다. 그러면서도 화자는 끔찍한 무더위에 손끝 하나 흐트러지지 않는 의지의 인간, 부드러운 듯 속으로 강한 인간상을 부각한다. 쉬지 않고 스스로를 채찍질하는 화자의 인생관이 오연하게 스며있음이다.

산막집 다로에 솔솔 피는 물 연기

가을에 기대앉아 낙엽도 한 모금

찻잔에 노을이 든다 땅거미가 나린다
 −「산막山幕집」전문

깊은 산속 외로운 산막, 나그네가 잠시 들러 쉬고 있나 보다. 아니면 그곳에 홀로 사는 산막집 주인일 수도 있다. 가을이 주는 특유한 분위기와 화자의 고독이 산막의 다로茶爐에서 물 연기로 피어올라 호수 위로 번져간다.

중장은 이중 삼중의 의미를 함축한 절창이다. 가을은 의자椅子이고 분위기다. 싱그러움이고 쓸쓸함이다. 그 속에서 주인공은 푸르름 속에 춤추다 이제는 낙엽이 된 작은 잎새다. 설혹 낙엽같이 메마른 인생일지라도 따뜻한 차 한 모금 입에 머금는다. 종장에서는 가을의 하루가, 가을이, 차 한 모금 입에 문 화자가, 그리고 독자가 황혼 속으로 가라앉고 있다. 슬프고 처연한 분위기마저 심미적 감각으로 소화해 낸다. 화자의 고독은 이처럼 처연함 속에서도 그냥 맑기만 하다.

아들놈 겨드랑이 소금꽃 핀 것처럼

아무도 보지 않는 후미진 언저리에

여름이 흘린 땀인가 희끗희끗 피었네

　-「개망초 핀 자리」 전문

　개망초는 작고 흰 그래서 순결해 보이는 꽃의 모습 때문에
많은 사람들로부터 사랑을 받는다. 화자는 개망초 흰 꽃의 모
습을 "아들놈 겨드랑이 소금꽃"으로 비유한다. 또한 후미진 언
저리에서 어렵사리 생명을 부지하며 천하게, 힘들게 상황을 견
디고 이겨내고 있다. 생명력을 부지하기가 얼마나 힘들기에 배
경이 되는 여름마저 땀을 흘릴까?

　그리하여 독자는 화자가 창조한, 그렇게 참고 견디면서 살아
가는 장한 꽃 '개망초'를 열심히 살아가는 '아들놈'과 함께 사
랑으로 가슴에 품게 된다. 매우 개성적인 감수성이다.

　잔설 몰래 봄바람 걸음을 재촉해도

　묵은 가지 묵힌 정 연년이 첫 정인가

　간밤에

　춘설이 훔친

　붉은 입술 떨린다

　-「매화를 만나다」 첫 수

잔설이 잦아들기도 전에 새봄은 다가선다. 매화의 붉은 개화開花를 묵은 가지와 춘설 사이에 해마다 새로워지는 첫정의 열매라고 하는 설정이 참으로 낯설고 재미있다.

아름다운 자연 속에서 볼 수 있는 여리고 소소한 생명들의 희망과 꿈 이야기가 소박하면서도 어여쁘다. 또한 어렵고 고독하지만 모든 것을 잘 감내하면서 새로운 운명을 가꾸어가는 생명들의 건강하고 대견한 모습들이, 그리고 그들에 대한 시인의 애틋한 애정이 정겹고 따뜻하다.

Ⅲ. 자랑스러운 내 고향

입술을 포개놓고 청했을 뿐으로
천년의 이야기는 소리를 따라오고
청공淸孔을
타는 흔들림
서럽도록 고와라

공空에 실은 그 마음 벼리어 색이 되니
천상을 흘러 도는 그도 정녕 속俗인 것을
대숲에

이는 바람은

율律이 되어 산 넘는다

　-「대금 연주 - 청성곡을 듣다」 전문

　'청성곡'이라는 부제에 걸맞게 입술을 포개자 들려오는 대
금 소리는 천년 이야기를 담고 곱게, 서럽게 흐른다. 그것은 본
디 색色인데, 공空에서 벼리어져서 차원을 달리한, 겨레의 정체
성을 담고 천상을 흘러 도는 속俗으로 거듭난다. 그렇게 이 땅
자연의 율律과 하나가 된다. 대금이 연주해 내는 음률의 해석이
놀랍다.

애틋하고 통절한 멋과 흥 그 사이에

걸걸히 낭창대고 호방하게 으쓱대는

구성진

소리 가락에

취하다가 깨다가

귀를 열고 듣자니 저 소리 어찌할꼬

큰칼 쓴 춘향이에 심 봉사 눈을 뜨네

속가슴

밀어 올리는

함성이고 소리네
　　－「판소리」전문

　판소리의 한 맺힌 노랫가락은 애절하면서도 걸쭉하고 호방
하다. 이 땅 이 겨레가 만들어낸 이야기를 흥겹게 또는 아프게
주절주절 읊어대고 있다. 노랫가락이 매우 향토적이며, 친근하
게 다가온다. 게다가 그 속에 담겨있는 풍자와 유머 또는 에스
프리는 이 백성의 가슴 깊은 곳을 아프게 건드리고 또 어루만
져 준다. 심 봉사가 눈을 뜨고 춘향이가 시집을 갈 때는, 그야말
로 환희의 눈물이 펑펑 쏟아지는 가운데 무한한 카타르시스를
맛보게 된다. 둘째 수의 종장 그대로 "속가슴/ 밀어 올리는" 겨
레의 함성이고 아우성일 터이다. 판소리의 특성을 잘 살려내고
있다.

　보배섬 예향에는 발길마다 소리 있다
　벽파진 울돌목은 충무공 호령 소리
　열세 척 승전고 소리 물길 잡아 강강술래

　발끝을 툭툭 차는 왕무덤재 눈물 보소
　삼별초 삼킨 눈물 산새들 뱉어 울어
　구절초 피는 밤이면 살풀이도 곡이더라

안개가 자우룩한 쌍계사 옆 운림산방雲林山房

노송에 괴석까지 4대를 지킨 화필畫筆

연지蓮池에 먹물 떨구니 새소리도 그림이네

애당초 보물이라 서로가 탐을 냈나

걸으면 걸을수록 그냥 길이 아니더라

붉은 해 단물 신고서 어야디야 배 띄운다

　　　－「예향藝鄕 진도珍島」 전문

글의 흐름이 자연스럽고도 오묘하다. 그 속에 굽이굽이 이어
온 진도의 역사와 의로운 충절과 그 애환이, 민족의 자랑이, 서
정이 함께 춤을 추듯 어울린다. 진도에 대한 자부심과 사랑의
이미지가 흥건히 고여 흐른다.

Ⅳ. 그리운 날들

달콤한 젖비린내

아가가 크는 냄새

143

엄마 사랑 몽글몽글 아가는 꼬물꼬물

옹알이 천사의 방언
옹알옹알 바쁜 입
　－「천사의 방언」 전문

　말로 표현할 수 없는 엄마의 사랑과, 그 사랑 안에서 꼬물꼬물 잠시도 쉬지 않고 움직이며 걱정 없이 자라고 있는 아기의 모습이 너무도 귀엽게 그려져 있다. 젖비린내는 "아가가 크는 냄새"이고 옹알이는 "천사의 방언"이란다. 아기가 기쁨과 흡족함 속에서 내는 생명의 소리를 화자는 하늘의 영역에 속하는 천사만이 낼 수 있는 순결한 소리 곧 방언이란다. 물론 무한한 사랑으로 포근히 감싸 안고 추임새로 내는 엄마의 어르는 소리 또한 천사의 방언이라 할 만하겠다. 김남조 시인의 「아가와 엄마의 낮잠」이 떠오른다. 인간 생명의 시발점에서 하늘의 축복 안에 있는 엄마와 아기의 모습이 너무 사랑스럽고 어여쁘게 그려져 있다.

　강아지풀 꼬리 뽑고 메뚜기도 잡고요

　개울가 첨벙대다 물뱀에게 기겁해도

아쉬워 피라미 세 마리 고무신에 담았지
  -「아직도 아쉬운 날」전문

　어린 날의 그 시절에는 왜 그렇게 열중했고 좋아했던가, 지금의 눈으로는 아무것도 아닌 것을. 그 순수와 열심, 그 천진스러움으로 흠뻑 빠져있던 그 시절이 지금에 와서 정말로 아름답게 소중하게 느껴진다. 물뱀에 기겁을 하면서도 고무신에 피라미를 담아 오던 열심―더 이상 말이 필요 없어진다. 박용래의 시「탁배기」에서 무슨 꽃으로 두드리면 "굴렁쇠 아이들의 달"이 솟아나겠느냐고 가슴으로 탄식하는 장면이 애절하게 겹쳐진다.

이제는 알 것 같다 그때는 몰랐지만

늦저녁 돌아앉아 울먹이던 그 모습

한 그루
나무였습니다
바람 부는 언덕에
  -「빈자리」전문

훨씬 전에 다 지나버리고 긴 세월이 속절없이 흐른 이제는 알 것 같다, 너의 일들을. 아니, 네가 이해할 수 없었던 나의 일들을. 왜 마주 보고 다독이거나 항변이라도 한번 하지 않았을까? 왜?

바람 부는 언덕에 홀로 선 한 그루 나무 같던 그 사람. 그 빈자리를 바라보며 회한에 젖고 있다. 사람들은 많은 일들에서 정말 어리석다. 어쩌면 그래서 다행인지도 모르지만.

아래 마당 옹달샘 자꾸 흘러 강이 되고
감꽃만 흐드러져 시름 앓는 삼막리 집
가끔씩
꿈길을 따라
할머님 댁 갑니다

조막만 한 각시감 혼자서는 못 익어
달님의 치마폭에 숨어 울던 가을밤
여태껏
그 감나무는
꿈에 걸려 익습니다
　-「꿈속에 들면 - 삼막리 집」 전문

146

옹달샘은 흘러서 강이 되고, 보는 이 없는 동안 새싹이 나서 감꽃이 흐드러지기까지 삼막리 집에는 할머니 혼자 걱정과 시름에 싸여 살고 계신다. 아니, 가을밤이면 조그만 각시감이 혼자 스스로 익을 수가 없어, 그것을 알고 달님이 치마폭에 감싸주면 각시감은 그 속에 숨어 울면서 익어갔다고 한다. 동화 같은 설정이다. 필시 각시감은 화자와 동일시되는 또 하나의 화자임에 틀림없다. 그렇게 각시감이 외롭듯 할머니도 외롭다. 그렇게 사람도 익고, 꿈도 익고, 가을도 익는다. 그렇게 삼막리 집은 세월을 타고 흐르고 있다.

참으로 고즈넉한 한국적 정경이다. 순수하고 선해서 그 꿈결 같은 내면의 세계를 마음 깊은 곳에 홀로만 간직하는 화자는 타고난 시인이라고밖에 달리 할 말이 없다.

V. 현실 참여 그리고 풍자와 해학

사는 것 하루 세끼 밥 타령 한다 해도

금수저 흙수저로 난데없던 수저 싸움

하루가 생존 전쟁터 숟가락은 총이 됐다
   –「숟가락 전쟁」 전문

아주 간결하게 이익에 눈이 멀어 싸움질에 영일寧日이 없는 세태를 효율적으로 풍자하고 비판하는 작품이다. 현대 풍자시조의 전형을 모범으로 보여주고 있다고 하겠다.

미쳐버린 세상에 진실도 미쳤는지

자고 나면 신문 속엔 딴 세상 이야기들

원시의 낱말 몇 개를 개집 앞에 놓았다
   –「개집 앞에 놓았다」 전문

세상이 다 미쳐버려 진실이 없다. 거짓과 협잡질에 여념이 없다. 이권에, 명예에 눈이 멀어 패거리 싸움에 정신이 없는 세상, 어쩌면 신문 기사 자체가 거짓일지도 모르는 현실을 강하게 비판한다. "원시의 낱말 몇 개"에서, 보통 '원시原始'는 다듬어지지는 못했어도 아직 인간의 때가 묻지 않았음을 의미한다. 아주 어쩌다가 신문에서 희귀하게 발견되는 순수하고 진실 어린 말은 이 세상의 인간에게는 가당치도 않다는 것이다. 받아

먹을 자격이 없다는 것이다. 인간에게 주느니 차라리 개에게 주는 것이 낫다, 개나 먹으라는 이야기이다.

거의 진실과 사랑을 찾아볼 수 없는 세상 이야기들을 완강하게 거부하는 참시인의 몸짓이다. 양심과 양지良知가 살아있는 지성인의, 해학으로 덧칠한 포효다.

　　적막이 쪼르르 와
　　눈을 꼭 감긴다

　　입속을 빤히 보고 "아! 아! 아!"

　　내 안의 무엇을 보고
　　감탄사가 절로 날까
　　　－「치과에서」 전문

긴장감이 흐른다. 이 치료를 위하여 의사 앞에서 입을 벌리고 있는 볼썽사나운 모습, 입을 더 벌리라는 의사의 신호를 내 안의 진실을 보고 발하는 감탄사란다. 물질적 외면과 정신적 또는 영적 내면의 근본을 건드리고 있음이다. 수식을 덧붙일 필요가 없다. 언어 예술적 감각의 반짝 빛나는 반어적 아이러니가 아닐 수 없다.

갈치 녀석 언제부터 은씨네 성을 달고

꼬리 늘인 붕어네는 조상이 금씨라네

세상이 하 수상하니 미물들도 하 수상
  -「어가魚家 족보」전문

풍자와 해학으로 세상을 빗대어 그려내고 있다. 어느 가문
또는 무슨무슨 당, 무슨 족속으로 출신, 카르텔 등의 위세를 빌
려 이권과 경쟁에서 우위를 차지하기 위해 줄짓기에 여념이 없
는 세태를 풍자하고 있다. 우리 시대는 이처럼 국가도 사회도
양심도 잃어버리고 추악한 인간의 패악과 파괴 본능에 빠져버
리는 일이 비일비재하다. 이양하가 이른바 '머리 위에 푸른 하
늘을 잊어버리고 주머니 속의 돈을 세느라 영일이 없는' 인간
의 비속卑俗함을 고발하던, 반세기도 더 전의, 양심의 외침 그대
로다.
  가느다란 한 줄의 차착도 없이, 꼭 필요한 언어들이 효율적
으로 서로 조화를 이루며 정확하게 풍자와 비판을 가함에 빈틈
이 없다.

위의 몇 작품들은 짧은 시조 형식이 현대문학에서 어떻게 사회참여와 풍자를 실현할 수 있는가를 보여주는 좋은 범례라고 할 수 있다.

VI. 인생을 마주하고

다 놓고 싶을 때 내 이름은 엄마였다

세상을 다 준대도 바꿀 수 없는 이름

세상을
다 채워주는
네가 부른 내 이름
　－「내 이름은」 전문

여성으로서 화자는 엄마라는 이름의 의미를 재해석하고 새 의미를 부여한다. 세상의 삶이 너무 힘들어서 다 포기하고 싶을 때 그리하여 마침내 모든 것을 다 버리고 난 뒤에, 그때도 남아있는 딱 하나의 이름이 '엄마'란다. 엄마인 화자에게 그것은 세상과도 바꿀 수 없는 것이다. 네가 엄마라고 부를 때 그 이름

하나로 세상에 가득 차는 보람과 기쁨을 맛볼 수 있으므로.

신생아가 줄어들어 인구가 점점 감소하는 현시점에서 엄마라는 그 소중하고 거룩한 이름을 짧은 단시조 한 수에, 이처럼 아름답고 소중한 새 의미를 담아낼 수 있다는 사실이 놀랍다. 당연히 시대의 경종이 될 것이다. 이 작품은 시조라는 짧은 형식에 보석 같은 이야기를 담는 데 한계가 없음을 확실히 보여 주고 있다.

세상의 전부가 된 한 평 남짓 흰 공간

마지막 결별이 그녀 앞에 남았다

흰 벽엔 달력도 없이 오늘만 왔다 간다
　－「호스피스 병동」 전문

앞의 몇 편의 시조에서도 보았지만 박순영 시인의 시조는 참으로 간결하다. 그런데도 조금도 덧칠이 필요 없는 효율적 짜임새를 이루고 있다. 절망적 인생의 종착역 근처의 인간, 그 고독과 무상無常의 인간 모습을 모든 감정적 유희를 삭제한 채, 단지 선 몇 개만으로 그려내고 있다. 그래도, 아니 그래서 더욱 여운이 남는다.

생각이 많아지면 머리가 아프고
품은 것이 많으면 가슴이 저려온다
한 조각
구름이거라
걸림 없는 바람이고

생사를 놓고 나면 버거울 게 있겠냐만
퍼내고 돌아서도 출렁이긴 마찬가지
물인들
흐르는 골에
소리조차 없을까
　－「구름이거라」 전문

　많은 노인들은 말한다. 마음을 비우라고, 집착을 버리라고. 그렇게 무념무상無念無想을 강조한다. 화자는 여기서도 비슷한 것을 요구한다. 구름이 되고 바람이 되라고. 그러나 그래도 출렁거리긴 마찬가지라고도 한다.
　마지막 남은 인간 생명의 연약한 몸짓에, 그리고 그 무상한 한계에 슬그머니 연민의 손짓을 보내고 있다. 그래서 인간이기도 한 것이니까. 언어의 유희가 자유자재다.

누구도 너에게 화내라 한 적 없다

화를 낸 그 마음은 네 마음 아니더냐

세상사
일체유심조一切唯心造
마음 주인 누굴까
 －「마음 주인」 전문

　마음의 주인은 누구일까? 나일까? 하늘일까? 때로 나는 내
마음의 주인이 아닌 것 같기도 하다. 현인들은 '일체유심조'라
고 가르친다. 마음의 주인을 나에서 하늘로 바꾸면 일체유심조
가 가능할까?
　마음이라는 추상적 관념적 실체를 단지 몇 마디 말로 인간
의 성정性情을, 결코 뜻대로만 되지는 않는 속성을 형상화하고
있다.

　어제를 반죽 삼아 오늘을 또 굽는다

　고향길에 가져갈 내가 구운 한평생

날마다 성심을 내도 반만 익는 하루다

–「인생을 굽다」전문

굽는 것은 익히는 것, 완숙에 이르는 길이다. 어제가, 지난날들이 체험이요 깨닫는 과정이다. 그렇게 닦고 익히고 숙성시킨 나의 한평생을 품어 안고 영원한 원적지를 찾아가려 한다. 그렇게 매일, 매번 지성至誠을 다하지만 반밖에 익지를 않는단다. 그러나 그것만도 천만다행한 일이다. 어떻게 인간이 완숙을 이룰 수 있겠는가?

인생을 겸허하고 소중하게 살아가는 화자의 성심이 마냥 경건하다.

해 넘긴 붓질이라 정이 가는 흑목단

천 번을 그려내야 붓끝에 핀다는데

벼루에

구멍 뚫려야

꽃이 나를 반길까

–「먹그림 그리기」첫 수

구리를 갈아 거울을 만드는 그 정성으로 먹그림을 그리는 예술가의 집념과 노력이 돋보인다. 서도書道나 화예를 기예로 보는 것이 아니라 도道로 인식한다. 인내와 집중으로 격물치지格物致知를 이루기 위하여 천착穿鑿을 쉬지 않겠다는 화자의 장인 정신이 잘 드러나 있다.

> 벗어둔 속세 앞에 다소곳 앉은 승복
> 연지蓮池에 든 저 발길 알려고 하지 말자
>
> 미소가
> 연꽃을 닮아
> 꽃보다 더 고우이
> −「연화미소」 전문

화자는 연꽃을 바라본다. 아니, 속세를 버리고 불도의 길에 들어 승려가 된 여승을 바라보고 있다. 이제 와서 왜 세상을 버리고 스님이 되었는지는 중요하지 않다. 또한 젊은 여인의 자기 다스림의 미소이든, 부처님 말씀에 경지를 이룬 염화시중拈華示衆의 미소이든 그것도 알 필요 없다. 아무튼 연지에 있으니 이미 연꽃이다. 그래도 희로애락이 조금이라도 남았다면, 그래서 저절로 떠오르는 미소라면 이 어찌 맑고 아름답지 않겠는가?

"고우이", 살짝 예스러운 종결어미 사용도 적절하다. 화자의 잔잔한 시선에 공감이 간다.

한 번뿐인 초행길 똑같으면 답이런만

돌아와 말 못 하니 답만 찾다 가는 길

오로지 그분만 아실 오고 가는 소풍길
　　－「답은 없더라」 전문

인생은 한 번뿐인 초행길이다. 누구나 다 초행길을 가다가 그냥 떠나버린다. 게다가 사람마다 다른 길을 가기 때문에 아무리 알려 해도 알 수 없다. 결국 모든 사람들은 답만 찾다가 그냥 간다.

오로지 그분만 알 수 있다. 화자는 인생을 소풍길이란다. 그것은 태어나기 이전과 이후의 보다 근원적인 세상이 있다는 믿음 속에서 나오는 말이다. 모르면서도 한구석에 믿는 마음이 있으니 다행임에 틀림없다.

박순영 시인의 도道는 한 번뿐인 그래서 소중한 인생에의 천착, 관조와 성찰을 통하여 깨달음을 가꾸고 쌓는 일이다. 그리고 그 의미를 형상화해 가는 과정일 터이다.

Ⅶ. 사랑이신 부모님

평생을 기워 쓰신 그 마음을 몰랐네

감싸고 덮느라고 다 해진 그 마음을

모른 척 낡은 보자기 이젠 같이 깁는다
    ―「마음 보자기」전문

얼마나 힘드셨을까? 얼마나 안타깝고 아프셨을까? 감싸고
덮어주시느라고. 잘하고 더 잘하면서도 마음은 늘 부족하다 생
각하고 안쓰러워하시던 부모님. 그런데 이제는 부모님이 힘드
시다. 모르는 척하고 부모님의 흉내를 내며 아픈 마음을, 부족
한 부분을 보자기를 깁듯 함께 공유하고 꿰매어 완성시키고자
하는 화자의 일편효심이 곡진하고 어른스럽다.

자식에게 얼굴 보자 못 할 말도 아닌데

일주일은 짧더라 버무린 웃음 끝에

다음엔 안 기다리마 먼저 웃는 그 마음
 ―「못 할 말도 아닌데」 전문

　그리운 자식을 기다리는 마음을 숨기시는 배려가 그윽하다.
아버지의 깊으신 사랑이 아니겠는가?

벼루함을 닦다가
문득 스친 한 마음

붓을 잡아 봅니다 먹도 갈아 봅니다

곁에서 살펴주시듯
먹물 적셔 봅니다
 ―「스친 마음」 전문

　아버지는 서예가시다. 벼루함만 보아도 조용하고 엄숙한 모
습으로 글씨를 쓰시는 아버지의 모습이 떠오른다. 애틋한 효심
을 가눌 길 없어 벼루함을 닦고 먹도 갈고 글씨도 써본다. 모두
가 아버지를 그리워하는 몸짓이고 정성이다.

한 번만 아프다고 거짓말을 해보렴

마지막 운명길을 지켜달란 부탁인 걸

왜 그땐
말도 못 하고
속가슴만 뜯는가
  ―「거짓말을 해보렴 - 사모곡 1」 전문

　마지막 순간에도 어머니가 따님에게, '아프다고 떼를 써서 어머니에게 의지하고 매달리는 모습을 보여달라'는 말씀과 '운명을 지켜달라'는, 모순이면서도 동일한 사랑의 말씀을 깨닫지 못해, 마지막 모정에 보답하지 못했음을 후회하고 한탄한다. 그러나 이것 역시 한계 속에 존재하는 모녀간의 세상에서 가장 아름다운 참사랑임에 틀림없다.

　한시름 밤을 밝혀 이리 깨어있는 것은

　기다리면 안 됐나요 못다 한 말 남았는데

그 눈빛

그 목소리가 그

손길이 없습니다

  –「기다리면 안 됐나요 - 사모곡 2」전문

이제는 떠나가 안 계신 어머니, 사랑한다는, 정말로 감사하다는 말씀을 드릴 새도 없이 떠나가신 어머님에 대한 회한의 정을 노래하고 있다. 많은 부분을 생략하고 있지만 그윽한 진정이 가슴을 후빈다. 항상 모자란다는 마음으로 감싸고 둘러주시다가 생명을 다하신 어머니를, 같은 마음으로 그리워하는 그 진정 말이다.

마음을 비우고 인생과 세상을 성찰하고 통찰하지만, 결국 인간의 생명 작용에서 가장 아름답고 소중한 것은 사랑일 것이다. 그중에 부모 자식 간의 사랑만 한 것이 또 어디 있으랴. 인간이라면 대개 비슷하겠지만, 박순영 시인의 부모님에 대한 사랑과 자녀에 대한 사랑은 유별나다. 절절이 넘치고 면면히 끊이지 않는다. 바르고 곡진한 인생의 도道를 지성으로 가꾸어가고 있음이다.

VIII. 맺음말

박순영 시인의 시 세계는 어린 시절부터 자연과 계절, 그리고 그 속에서 가꾸고 다듬어온 대상과 과정이 모두 정말로 소중하고 아름답다는 인식으로부터 출발한다. 그는 자연의 원초적 아름다움과 계절의 변화에 따라 그려지는 현상, 그 속에서 관계를 맺었던 부모 형제와 벗들 그리고 이웃들을 한평생이 다 하도록 가슴속에 깊이 담아두고 산다. 특히 그들과 공유했던 인간의 순수, 진정, 사랑의 기억은 그의 사유의 원초적 본질을 이루고 있다. 더구나 천륜으로 맺어진 부모 자식 사이의 사랑은 비할 데가 없어 보인다.

박 시인은 예술가들 중에서도 그 감수성과 예지가 예민하게 살아 움직여서 남보다 더 풍성하게, 본질의 더욱 깊은 곳까지 접근해서 교감하는 것 같다. 게다가 끝없이 인내하며 집중과 열심을 다해 추구한다.

박순영의 또 하나 중요한 장점은 모든 것을 다 드러내려 하지 않는다는 것이다. 가급적이면 절제하고 생략한다. 그것이 오히려 흥미를 유발하며, 작품의 묘미와 감칠맛을 살아나게 한다. 정말 소중한 재능이 아닐 수 없다. 따라서 그의 시조 작품은 아주 간결하다. 실낱같은 헛손질이나 낭비를 허락하지 않는, 효율성 높은 함축을 이루어낸다. 그런데도 늘 자연스럽고 여백

이 있다.

그는 인간에 대한 사랑과 애정에서 우러나는 양심과 의로움을 지키는 데 철저하다. 그러나 그것을 비판하려 할 때는 해학과 풍자로써 부드럽게 터치한다. 그러면서도 불의는 결코 놓치지 않는 예리함이 있다.

그의 인간 본질에 대한 추구는 쉬는 법이 없다. 관조와 사색 그리고 성찰을 통한 천착의 결과를 예술적으로 형상화하는 집념은 그 치열함이 기예技藝의 차원을 넘어 차라리 도道에 이르고 있다고 하겠다.

많은 장점을 지니고 시조의 현대적 지평을 열어가고 있는 박순영 시인이 당면한 가장 중요한 문제는 무엇보다도 자기 스스로를 깊이 챙겨서 영육 간의 건강을 지켜나가는 일이다.

앞으로 오랫동안 좋은 작품들을 많이 발표하여 시조 발전에 크게 기여하기를 기대한다.